辛金順・著

陳琳・繪

詩

：對話

理想詩人之路

——序辛金順《詩／畫：對話》

林建國

國立交通大學外文系副教授

一個理想的詩人是怎樣的詩人？詩的理想狀態我們知道，詩人的理想狀態呢？

閱讀辛金順的詩，這些問題自個浮起。可能因為看見詩人的詩，進入了一個理想的狀態。是怎麼開始的？或許可從一個不起眼的細節，一個詩人所關注着的「技藝」公案談起：格律。

1

辛金順在他〈現代詞八首〉的〈後記〉寫道：「新詩在五四時期，曾經歷了格律派的聲韻鍛鍊，也就是以中文特有的節奏韻律，……展現詩的音樂性美感。這些詩人提倡詩的格律，主要是為了反撥胡適等自由派的『話怎麼說就怎麼寫』的白話詩，……〔否則〕會造成口水氾濫，以致詩魂散逸。」

今天重提格律，顯然詩人認為，詩的音樂性還有努力空間。等於也在默認，胡適發動的白話新詩革命，大勢底

定，否則今天格律這件事，不致如此低度開發。輕格律而重意象，是為胡適當年主打論調，靈感借自美國意象詩派。王潤華在他《中西文學關係研究》一書，綜合梁實秋、方志彤、周策縱、夏志清等人所見，指出胡適的新詩典範，尤其他1916年的「八不主義」，受到了意象派詩人龐德（Ezra Pound）1913年〈幾種戒條〉（A Few Don'ts）和羅威爾（Amy Lowell）1915年的〈意像派宣言〉（Imagist Credo）等人的影響。這番理論周濟，胡適始終沒有承認，倒是他曾露出口風說：「凡是好詩，都能使我們腦子裡發生一種——或許多種——明顯逼人的影像。」王潤華論道：「這不是意象派的精神是甚麼？」如果新詩血統可以這麼認定，則一開始，中文新詩就是現代詩（modernist poetry）。後續發展，可視作美國現代詩在中文世界的開枝散葉。

　　雖此，胡適當年主張之激進，仍非比尋常。在他轉借意象派說法之際，意象派才剛在英美詩壇冒出小頭，未成主流意見。據王潤華，一干留美中國學者如梅光迪與胡先驌，對英語詩稍有涉略者，均大力反對胡適，認為意象派的所謂「自由體」實為自由落體，是在自取滅亡，這種白話詩大大不可。但胡適放棄格律的心意非常堅定，並且另有根由。王潤華從《胡適日記》還原事證，指出1915年初，胡適在康乃爾就學時寫過一首英文商籟體詩（sonnet），邀請農學院院長裴立批評。裴立讀後，「勸胡適多試驗自由詩，並指出商籟體的格律限制太多，不易自由發揮。裴立這三言兩語似乎對胡適留下極深刻的印象」（王潤華語）。

事後的發展我們都知道了。中文新詩並非沒作格律嘗試，但1949年以後，傳往台灣的新詩，除了少數詩人的音聲努力，走的是英語現代詩的路徑。驚奇的意象、大膽的譬喻（conceit），理念上與意象派的龐德、新批評傳統的艾略特遙相呼應。中文新詩藉着這番現代詩洗禮，終在冷戰的年代裡開出自創的格局。浪漫詩常見的敘事體，動輒上達千行萬行之作，因飽受艾略特等人抨擊，在英語詩裡幾近絕跡。中文詩亦步亦趨，走的亦是短小精悍路線，不再經營的還有格律。

　　回到商籟體的問題。西方現代詩就不經營了嗎？幾個反證。文學現代主義一般認為發端自波特萊爾，他1861年版的詩集《惡之華》，計有三成五以上詩作是格律嚴謹的商籟體，佔的比率不小。最有名的一首〈應和〉（Les Correspondances），作為現代詩開山之作，就有戴望舒的中譯作了精緻的音聲實驗，細心保留了商籟體的格律，迄今未見有其他中譯足以匹敵。現代主義抵達顛峰的1922年，德語詩人里爾克寫有《致奧菲斯之商籟體》（Sonette an Orpheus）；1959年智利詩人聶魯達出版了《一百首愛情商籟體》（Cien sonetos de amor）。回頭細讀葉慈、龐德、艾略特三家英語現代詩，同樣發現他們對於音聲的經營並不含糊，只是被他們的自由體詩藏得天衣無縫。三人還有一個共通源頭：莎劇。莎翁寫的商籟體自成一家；他的「話」劇雖不押韻（採無韻體詩寫作），但格律與商籟體同（採抑揚五步格），人物對白偶爾還藏了一首兩首格律工整的商籟體，演出時聽不出來，如《羅密歐與茱麗葉》的開場，《李查三世》第三幕第六景。情形很像唐詩最上乘的絕

句，最口語的又往往最符合格律。同樣地，波特萊爾、里爾克、聶魯達的商籟體，若用原文朗讀，聽來就跟說話一樣。令人啟疑，如果不是格律，詩恐怕還無法呈現如此的自由。

2

中文新詩的發端既為美國意象派，亦步亦趨的結果，可能以為意象就是詩的全部。鑒於特殊的意象有賴奇巧的修辭完成，詩人可能也就以為，修辭不夠驚人，就無「詩意」可言。這種寫詩途徑本無大錯，但西方文學史上，並非人人如此經營。首先這樣創作，求的是文字「經濟效益」，用上又緊又密的譬喻，希望達到最大視覺震撼，體現乃是「少就是多」（Less is more）一類主張。「少就是多」本屬建築現代主義口號，文學現代主義不盡適用，但與意象詩派，倒是若合符節。留意龐德〈幾種戒條〉，告誡什麼別作，訊息直指「少就是多」，胡適「八不主義」如法泡製。艾略特《荒原》原稿，當年交予龐德大筆一揮，除了意象鮮明部份，餘者刪成今天通行版本，奉行之修辭策略無非「少就是多」。艾略特的批評路徑，諄諄告誡什麼詩人別學（尤其浪漫詩人），可算「少就是多」思維在批評上的實踐。格律屬於「多」的部份，難免擠到邊緣。

如果格律不見了，不見的只是冰山一角，但英語世界老神在在。究其原因，許是英語詩本身的傳統樹大根深，並不因為格律一時缺席而有所撼動。意象派以意象之名，在這座傳統山林裡修修剪剪，基本上傷不了森林本體。何況這些

現代詩大詩人，告誡歸告誡，他們寫作一刻，不必然就恪守意象詩派的修辭策略：至少，從未認為寫詩只在經營修辭策略。反之，他們以意象之名另闢蹊徑，在詩的傳統森林裡作了另類散步。寫的是現代詩，繞來繞去還是同座山林。是以龐德雖號稱意象派祖師，終其一生寫作未完的《詩章》（Cantos），所架構者乃史詩格局。同屬現代詩巨匠的威廉·卡洛斯·威廉斯，也寫有未完成的史詩《派特森鎮》。葉慈與艾略特相繼投身長篇詩劇的創作，致力的除了格律，還有人物、情節與事件，宗法對象不無莎劇在內。「抒懷詩歌」（lyrics，通譯「抒情詩」）現代派並非沒有經營，但若將艾略特《四個四重奏》這種意境深遠的「冥想式抒懷詩」（meditative lyric）考慮在內，則「抒情」在現代詩的語境裡，絕非只有低吟淺唱一種。所以如果認為現代詩只有傳統認知的「抒情」，本質只是「抒情」，是小看了現代詩。實情是，現代詩有泰半時間是在繼承古希臘羅馬以降詩的「祖業」，如史詩，如劇場，不只鍾愛跟西方文明一樣古老，於浪漫時期抵達峰頂的「抒情」。從這角度審視，現代主義作為一個文學斷代，與其他斷代（如浪漫主義）並無太大差異。差只差在彼此發生的年代，差在各有各的思潮，但各領風騷。

那麼現代詩的出現，就全然沒有意義了嗎？不妨回到「少就是多」的口號思考。「少就是多」奉行的思維是「減法」（「戒條」或是「八不」都是），得以成立，出在文學大傳統之在場壓陣，提供豐沛的資源以供揮霍（「減法」是揮霍）。要召喚傳統到場，就得同時奉行「加法」，讓

「減」在「加」的條件上成立。現代詩出現之前，英語詩的傳統山林早已神木林立。如此座豐厚的巨肺，一方面取之不盡，一方面並也令人窒息。新世代詩人唯一出頭機會，就在另闢蹊徑。他們緊貼一戰時局，敏銳捕捉都會的意象（龐德的地鐵、艾略特的倫敦），並在當代口語遽遽變化的推波助瀾下，顛覆詩的語調（變得更反諷更尖銳），從而翻新詩的語言。繼承傳統是加，另闢蹊徑是減。意象詩派的一些意見，是另闢蹊徑的結果，是減。但能夠成為有效意見之前，意象派懂的不只是減法。

中文新詩的淵源僅及於美國意象詩派，外加後來的象徵派等從法國輸入，「家世」並不如人。更久遠一點的西方詩體，諸如史詩、劇場，還有寓言、傳奇、田園詩，以及難以歸類的長篇敘事，並未真正繼承。連晚近一點的浪漫傳統，同樣不見深度移植。中國古典詩詞的傳統自成體系，新詩如何回頭焊接，一如辛金順〈現代詞八首〉所作努力，實驗還在進行，需要更多時間沉澱。這些都不是問題。問題在於中文新詩跟英美現代詩走得太近，可能作了自我設限，認為好詩、壞詩之分，須以意象詩派的戒條作依歸，以其「減法」為宗法。甚至新詩可能已把所有的詩，想成都是意象詩。試想，今天在中文世界寫詩，多少人敢寫華茲華斯那種分段的散文，而且一寫就寫上萬行？沒有隱喻，不用奇巧修辭，白如開水，在中文世界恐遭「非詩」之議。華茲華斯看似毫無技巧之作，召喚的是龐大的氣場，中文讀者很難想像。這點觀察如果正確，則是中文新詩被意象派制約之一例。

格律被忽視是另一例。辛金順會回頭重視格律，應是看見中文詩「輕格律而重意象」此一現代詩傳統的極限。我說「極限」而非「局限」，因為重視意象經營，畢竟成就了中文新詩不少佳構，包括金順自己的詩作。看見「極限」是另有所解：這是詩人欲求突破的自覺，視野不只落在格律。若我認知無誤，則辛金順切中的是某種「加法」思維。他想要完成的，不只是格律。

3

　　我想從辛金順最難的詩開始論證：最難在於這樣的詩最具野心，視域最為廣袤，需有廿年以上的詩齡錘鍛，心境上最為懷疑也最不懷疑。這個狀態並非每個詩人都能進入，但金順比我想得更早寫到這個境地。他2012年完成的〈詩論〉，便屬這類難寫的詩。「詩論」（ars poetica）自羅馬詩人侯拉斯起，在西方即為小型文類，但難寫難工。下筆太輕，流於泛泛之談；太重，則陷細微末節之議。詩人如果不是沒有非寫不可的理由，不備有充分自信，通常不作嘗試。於是史上留名的「詩論」作品，僅寥寥數家。驚異的是，辛金順最好的幾首詩作，皆可歸作「詩論」一類——至少是「詩論」的延伸，〈注音〉（時報文學獎新詩首獎作品）與〈說話〉皆可舉作例子。

　　先從〈詩論〉談起。此詩雖長僅134行，行文優雅宛如行草，細緻的美學意向在詩中層層推進。詩從取材開始，先論方法（「偶爾必須試探新的路徑，以嗅覺辨認方向」），

再論如何藉着音聲，通貫遠古（「如此大音，希聲，以古今寂寞相扣」），隨後進入地理（「在南洋，詞的眼睛都在張望」），沿着歷史，抵達詩人的身世（「而童年已被歷史翻新，傳說被殖民」），直視令人無言以對的家國（「將馬來半島縮成三寸」，「詩崩潰到山水的邊緣」），以致憤極而怒，不能自己，決意以詩作終身職志（「吞吐萬噸憤怒，以中文回到／自己的神話」）。全詩情緒幾度轉折，承接莫大悲喜，不懷疑的是詩的終極意義。

〈詩論〉的命題是詩的大我，但之前詩人早有準備，寫過詩的小我，是為〈注音〉。在〈詩論〉裡，辛金順的馬華文學身世僅只點到為止。〈注音〉則直取這份私密，切入詩人的語言身世，尖銳問道：我是誰？「ㄨㄛ是我嗎？或是wo3」，顯然「這是一生的逃亡啊！一生，都在別人的語言裡」。結果「我的舌頭靜靜學會瘖啞」，以致所有詠唱，都是「有點失語的故事」。馬華作家尷尬的語言身世，作為故事，往往不足為外人道。詩成以後，在境外接受文學獎的禮讚，很榮幸也很感傷，同樣不足為外人道。這樣失語的故事，金順在他散文〈破碎的話語〉解釋道：「當我的〔大馬〕華語變成了〔台灣〕『國語』，於是從注音符號裡，我開始學習了變聲／身的技藝」。「僑居於『國語』之中，我不斷將自己的身體，隱匿在一首首詩的意象裡，……企望把握住真實的自己」。同樣地，他在〈注音〉裡問道：「我還會找到我嗎？」一個正面回覆：「那裡，我是你，我們是他們」，因為「注音，我們都曾經住在一起」。既然有過「曾

經」，或許就足以保證「未來」可藉「注音」安身立命。口音經過「注音」幾度轉換，「我」也成為「你」了，「我們」成為「他們」。前路依舊茫茫，但「存在」一事至少有了著落。這當然是妥協，但透過詩來完成，也算有所安置。

非出身馬華文學的作者，恐難看出金順此處的掙扎如何千迴百轉。詩的大我、小我相互糾纏，微透歷史的無情與蒼涼。兩個問題考驗着詩人：一是「國語」，事關語言，一是「國家」，攸關政治。兩個問題，各還捲進倫理與美學的命題。有關前者語言部份，一如〈注音〉所示，「國語」的背後，並有一個巨大的體制撐腰。「純正中文」也者，承自前清官話系統，迄今依舊是當權者的治理名器；服還是不服，決定人在體制裡的位置。其「純正性」既是權力結果，便帶有幾分虛構。在英國其對應是BBC英語，在美國為北方白人的美語，法語則以巴黎所說為準，不會是魁北克法語。官定的馬來話，則為發源於廖內群島的商用通行語。然而，任何人都知道，這些國境之內的人們，說起話來南腔北調；連今天通訊發達的英美兩國（尤其英倫三島），依然南腔北調。法語在加勒比海更有重度的克里奧化（creolization）現象。星馬地區通行的華語，還不至於克里奧化，但面對「純正中文」，不時顯得難堪而又自卑。問題是，「華語」既是活生生的日常用語，通行那麼多人之中，面對坐擁龐大資源與權力一方的「中文」，又何必自形慚穢？

〈注音〉一詩寫的正是這種「去華文」的痛楚，以及「再中文」的非踏實感。詩人感到的是他生命的撕裂，是種

華語在地生命的拔除，是「我們」在「他們」裡寄人籬下的孤寂。身為「讀中文系的人」，辛金順不避孤寂，願意守護「華文」，說明他的有情有義。然而，似乎「我們」又非進入「中文」不可。一如「國家」的問題，西方政治論述早有闡明，每個人都必須選擇進入，才能取得集體的保護。但要接受國家統治，就得割讓部份的人身自由。回到「中文」問題，詩人想問的是：我還有多少自己可以割讓？我屬「南腔」的「華語」是我的身世，無從背離。「中文」則掌握無上資源，與之斷絕是自取絕路。問題是，加入「中文」宣誓效忠之後，「ㄨㄛˇ是我嗎？或是wo3」？「我還會找到我嗎？」

詩人此處的倫理抉擇（誰可效忠？如何不作背離？），並是美學命題。曾經，馬華文學批評界有此一說，認為窳劣的「華文」須被剷除，從此改奉「中文」，否則文學質量無法拉抬。這也算一種意見，但自限於「減法」思維。〈注音〉一詩，呈現了更複雜的拉鋸。所以拉鋸，因為打從心底，詩人想要奉行的是加法。因為詩人知道，文字之外還有一個生命世界，不受「國家」或是「國語」保護，卻承受兩者魚肉宰制。宰制方式不外就是減法、鋸箭法，鍾愛的動詞包括剷除、拔除，燒芭外加霾害。「減法」若不克制，帶來就是這種生態浩劫。

辛金順的倫理立場，就在拒絕使用「減法」處置中文／華文兩相對立的美學命題。華文、華語是個在地生態，背後有個前清時期南來華人帶來的方言群，涵蓋了兩廣、閩南以及閩北所有方言。印巴移民在星馬落地生根超過百年，外加近期到

岸的南亞各省移工，人口快逼近華人，可以想像當中豐富的語言生態。同時別忘了，大馬地處馬來群島心臟地帶，各種原住民的語系密集。華人如果有夠「在地」，除了掌握「國語」地位的馬來語，必因地緣關係，能操至少一種土話。加上前殖民宗主國留下的語言印記（英文），連同一樣強勢的「純正中文」，凡此種種，皆成馬華作家可以左右逢源的文化資本。辛金順2008年詩作〈說話〉，便將這些層層語言的沉澱開挖提煉，鍛鑄為詩。詩裡，母語、粵語、華語、破爛的英文彼此「雜交」，同時不忘調侃具有「國語」權貴地位的馬來語。金順的馬來文好到足以寫詩，大有資格調侃。他的文學養成，深受馬來文學撫育，對於這種淪為政治工具的「國語」，大有理由不齒（〈說話〉第VII節即題作「然而不說馬來話，就不愛國了嗎？」）。然而，〈說話〉真正觸動我的是第一節裡如歌似詠的吉蘭丹土話，行與行之間穿插詩人用漢語寫下他對潮州母語的孺慕。其實這第一節裡藏的是兩首詩，彼此交織成一首，有如爵士配上重金屬，意外成為絕美的搭配。這一節詩並是兩組歌詞的交錯，訴說兩串不同的故事，但不是彼此的翻譯，只是兩種感情的對位，兩種愛以及兩種追懷。南來方言與在地土話交織出來的語言藤蔓，在此拒絕了「國語」的切割，一併排拒「減法」指染詩人如此藤蔓的身世。如果〈詩論〉是金順寫過最難的詩，〈注音〉最為擺盪，〈說話〉則最令我無言不能自己──說它是金順最好的詩作，無法貼切形容這首詩給詩本身帶來的衝擊。但對於詩人自己，此詩意義透明得很，就是無法割捨。

4

辛金順出版了八部詩集,《詩／畫:對話》是第九部。如此漫長的詩齡裡,入詩題材多如恆河沙數,不只前述幾項。為了記錄自己身世,他寫過〈家族照相簿〉與〈記憶書冊〉等動人的組詩,歷史的厚度層層堆疊。他並為家鄉寫下〈吉蘭丹州圖誌〉,也為台灣寫了〈雲林市鎮詩圖誌〉。既寫「愛情絮語」,也寫〈反戰詩五首〉。詩名如〈航向〉、〈遠逝〉、〈逃行〉,說明詩人不斷移動,留下眾多旅行印象,如〈閱讀北京〉、〈金門三品〉。出身中文系,嘗與古人遊,生出〈行／草五帖〉、〈心經〉、〈古詩變奏曲〉等璣珠之作。詩的風格多變,以致風向不可預測,許是詩人學習不懈,持續實驗,包括嘗試不再有人經營的格律,用〈現代詞八首〉打造宋詞的遺韻。瞬息萬變的詩風,翻來覆去的風景,證實詩人技藝爐火處在純青的熔點。辛金順看似沒有特定風格,其實是沒有被定型了的風格。難怪詩人在市場上的賣相很難討喜,少有抓住眼球的亮片。以致今日,他詩作上的成就,沒有受到廣泛的注意。

或許應該反問:成就如此,反被低估,是怎麼辦到的?這部《詩／畫:對話》裡或可尋得局部解答。書描摹的是陳琳在中南半島所繪的油畫素描,憑藉這些寫實畫作,金順的詩一同進入尋常生活,畫裡詩中隨着萬物回歸事物的恬靜。連書中各個詩題都顯得安靜,如〈紡紗〉、〈守待〉、〈甜美的沉睡〉。甚至詩題簡得不能再簡,八成以上僅用兩字,

如〈負軛〉、〈浴禮〉、〈磨日〉。以致萬籟俱靜，與恆常廝守。之前詩人並非沒寫過華麗絢爛的詩──絢爛之外，更有忿怒的詩、抗議的詩，針對不公不義極盡嘲諷之能事。然而這本詩集裡，詩人卻歸隱到尋常百姓之家。是怎麼辦到的？

以詩論詩，集中各首並未超越詩人過去的技巧試驗。但速寫色彩更濃，更隨興，詩人厚實的情感更具體溫，更可親近。也因如此，各篇詩作皆閃耀着靈光，〈祭祀〉便寫道：

頂著一籃信仰，神的光
讓幸福，一階梯
一階梯
從山上搖晃到了人間
清晨的露珠卻沾滿法喜
如天地走在
虔誠的瞳孔裡面

神聖之外，詩人並不避諱大自然裡湧動的情色，如〈水聲〉：

終於妳讀懂了水的唇語
剝開時間
欲望叫出妳的名字
雲和雨
都流成波瀾壯闊的風景

但更多時候，詩人真正不避諱的是平白的口語，直敘他的感傷和依戀：

貓都回家了
那些出走的影子
還會回來嗎？（〈還會回來嗎？〉）

這樣的詩句拙樸，幾無修飾，如被詩評界錯過，不會令人意外。然而整部集子帶來的感受，就是出奇地讓人溫暖安定。單從目錄閱讀詩題，就有鎮靜的效果。到底發生了什麼事？詩人看見了什麼？

　　傳統詩評，尤其功能止於分辨詩句好壞的一種，未必就能解開此處詩人寫作的動機。當詩人作了某種決定，造就安靜作為一種景致、一個美學效應，便已非出自單純審美經驗，而是某種植根於倫理的判斷。我們知道，能透過語言操作，翻新人的經驗與感受這種能力，不是詩的專利。「非詩」的廣告文案、政治宣傳等等，一樣可辦得到。如果詩的能力，在於透過語言「無中生有」，則政治語言同樣也在「無中生有」（階級對立、族群撕裂，都屬這類造業的「無中生有」）。怎麼分辨？答案就是進入倫理。《詩／畫：對話》的出現，提供了這個契機。

　　於是，傳統詩評如果錯過這部詩集，錯過的不會只有詩集本身。這類詩評，通常僅在意辨別好詩壞詩，並不考慮審美、倫理如何接縫。只要挑出詩句優劣，任務便算完成。其

間，只要詩評位居主導地位，確認了自己作為詩評的重要，任務一樣可宣告結束。詩呢？詩不重要，詩沒有主權，詩的存在只為了詩評。但是我們能否轉換倫理立場（而非站在詩評的審美立場），想像一下：有些詩，並不寫給詩評，未必寫給詩評？像情詩，寫給情人；童詩，寫給小孩；讚美詩，寫給神；追悼詩，寫給亡故的人們。他們讀或不讀，沒人知道。就算他們願讀，並不排除，有的情詩寄不出去，有的童詩，小孩無法理解。詩評家此時願意接手閱讀，作其好壞批判，我們沒有意見，但不會改變一個事實：這些詩仍然不是為了詩評而寫。金順的《詩／畫：對話》應作如是觀：他的情詩，寫給跟萬物一樣寂寞的生命，童詩，寫給清寒生活裡無法迴避的蒼茫。辛金順詩藝之精進，無人可以否認，但寫詩順手拈來，在意的是寫作對象甚於詩評，說明詩人的自信。並也說明詩人理解，對於詩本身，還有比評價更重要的事。而這些事遠為急迫，無法等候。作了如此決定，詩人也就涉入倫理的界域。

5

康德在《實踐理性的批判》這部論析倫理的著作書末，曾自信滿滿寫道，無論天上的星空（真理），還是心中的誡律（倫理），他均握有十足把握，可將二者統一。很快他發現，兩者鴻溝非常巨大，有待一番未完的哲學工作為兩者橋接。隨後完稿的《判斷力批判》，前半部論美與崇偉感的部分，便在建構這道橋樑。然而，俯仰天地之間，距離如此之

巨，審美怎會是橋樑？

　　康德自己在《判斷力批判》裡的解說非常複雜。但要化繁為簡作為本文之用，而又無傷原旨，容我借用拉康在《精神分析的倫理》對康德此書的解析。拉康論道，康德三大批判所言判斷，實為一種：對象在場時，判斷結果是真與善；對象不在時，效果是美。前者及物，後者不及物，如此而已。拉康當然作了極大簡化，但旨意清楚。簡言之，審美作為判斷，可與（1）辨明科學真理的判斷（以自然界為對象），以及（2）辨明是非善惡的判斷（以人的日常實踐為對象），作出分別之處，在於審美沒有對象。說花是美的，重點不在花，而在說明「我有能力察覺到美」，花是否真的美（或是不美）沒人知道，至少尋無客觀標準。康德一個有名的說法：審美是「不帶目的」（沒有對象）的「合目的性」（判斷機制），大約便是此意。但條件是，即便是美的判斷，本質上跟真與善的判斷同為一種。儘管康德賦予此三種判斷不同專有名詞，但三者確可一塊思考。如此這般，能作審美的人，必也具備真、善分辨的能力。審美實際運作，便有科學、道德在背後支撐。

　　更重要的旨意在後頭。在康德體系裡，判斷能夠進行，尤其美的判斷，在在說明人是自由的。審美的意思，指人能自在地運用判斷；透過審美，人因而取得自由。當審美能讓人自己作主，審美便是倫理的。天上的星空、心中的誡律，彼此得以橋接，便在人心靈上這份自由自主。〈蘭亭集序〉有云，「仰觀宇宙之大，俯察品類之盛，所以游目騁懷，足

以極視聽之娛」：放在康德體系裡理解，應該就在定義審美。如此心曠神怡，人自然變得完整。完整，因為除了知道星子們運作有其軌跡，人的行為有其不可毀損的誡律，我還知道真、善之外，儘管沒有特定對象（我僅只「游目騁懷」），我的判斷運作並未停下。反而，天上星空與心中誡律之間這個巨大的空間，被我的判斷力填得滿滿。我感受到的是美，且是無盡的美。

辛金順的《詩／畫：對話》所以令人深感恬美安適，就因為俯仰天地之間，沒有一件事、一個人不受他的關注。他的詩，可以始於任何一事、任何一人、任何一處，但每件事、每個人、每一處在他詩裡都被賦予了特殊的意義。完整應是辛金順的詩所追求的，以致詩人呈現的世界沒有碎裂。個別題材入詩（婦孺、祭祀、狩獵），雖然透過不同詩篇呈現，但最終它們共同構成了世界的完整。《詩／畫：對話》甚至沒有遺漏任何一個對象：嚴格說它沒有對象，因此也就無所遺漏。

如此寫作的這部詩集，難免成為傳統詩評的挑戰。傳統詩評典範，既止於分辨詩句好壞，恐不在意詩人寫作的動機，以及動機裡的倫理考量。何況《詩／畫：對話》是詩人由絢爛回歸平淡之作，沒見有太多火花，詩評難保不會失望。說不定，政治語言、廣告文案還更精采；反正，佳句就是佳句，管他政治宣洩還是不實廣告。問題是，政治或是廣告的無中生有，乃安那其式的唬弄，其語言操作，對於真、善兩事，視而不見、見而不理，極其獨裁。另一方面，面對

權力與商品，又變得莫名其妙的奴才。無論何者，一樣把人當笨蛋，又不負責任。這種語言操作，詩只有站在它的對立面。詩評呢？詩評必須選邊，不能事不關己，否則審美將淪為毫無價值的清談。

在此我無意忽視詩評工作的重要，只是一些傳統詩評寫得毫無感情，分析詩句，有如解剖大體，忘了詩是個活跳跳的生命體。而生命只能是個整體：一個生命體並非僅只局部活着，而是所有器官都必須活着。把握生命，等同把握一個完整的狀態，而這正是辛金順的詩所追尋的。這並意味，他詩的哲學裡沒有減法。詩寫得如此之多，抽絲剝繭之後，意思往往只有一個：就是不忍割捨。加的心法，讓他的詩作情緒飽滿。

儘管辛金順寫過不少他人難以超越的詩，《詩／畫：對話》是否進入了詩的理想狀態，基於對詩評的尊重，我們應該容許辯論的空間。但對於詩人本身我沒有懷疑，他深深帶有理想詩人的身影。在我的想像裡，他已走在理想詩人的路上。

2016年4月

詩與畫的相遇

陳　琳

　　記得2012年4月的那個如夢般春日嗎？草長鶯歌。天，藍極了，像一塊巨大的潤玉。南中國海的海風吹來，大海掀起層層波濤。我躲進一朵浪花裡，兩隻賊眼窺視著，偷獵馬來西亞的民族風情，收集油畫創作素材。

　　在結束對西馬的采風後，我乘飛機去了東馬，到了古晉，詩人吳岸接待了我。

　　此刻砂勞越以格外炎熱的氣候迎我，那份熱情，如同「鴿子」一樣慈祥的吳岸兄跳動底眼神。行經青山秀水，耳聞漁歌陣陣，讓人感覺拉讓江美極了。我正陶醉在古晉歷史和詩人吳岸的傳奇中。適巧，拉曼大學的辛金順博士也來到了古晉，他與吳岸老師有事相商。

　　順理成章，我與辛金順博士有緣千里來相逢，一見如故。

　　當晚我們三人參加了砂撈越的一個民族歌舞晚會。興起，手牽手地上臺也跳起了當地原住民舞蹈，甚為快樂。

　　辛金順博士對我說：「詩歌的創作，在於作品背後所要傳達的內在意涵。讀者對於詩歌的閱讀，其感受是不相同的，這都取決於讀者的人生經歷和生活背景。我們所追求的詩歌或文學作品，都希望能夠隨著時間的淘洗，永遠在不同

的時代，能讓讀者讀出不同的意境來，這就是作品的生命力」。其實，這也是我油畫創作所要追求的理念和標準啊！

正是因為我倆都著力於藝術文化的探索，作品以不同形式流露出對美學的追尋，以此來表達內心的逸氣和凝重的情懷，於是也就有許多說不完的話了。

辛金順是現、當代文學博士，對民俗風情和人文藝術有著非常濃厚的興趣和造詣。由此，我倆侃侃而談，如遇知音。他喜歡我的油畫，提及可為油畫寫詩，我喜歡他的那些如夢境般的詩句。於是，我們就商量著要以一種油畫視覺具象藝術與詩歌語言抽象藝術的有機對話，從而產生一種別樣的藝術效果。就這樣，我倆迸出了火花，一拍即合。當即，讓他在我的電腦中挑選了幾十幅油畫作品，讓辛博士回校後為油畫作詩……。

後來，我就去詩巫采風了。

雖然我旅居老撾，辛博士則人在馬來西亞，遠隔千山萬水。但我卻常常可從網路裡搜尋到辛金順博士在新、馬和臺灣刊登「詩與畫」的詩作。

而那些詩作，展示了美學的情境和鮮活的生命力。那是詩人從畫意中感思而成的詩意，涓涓從筆尖流出，匯成了一行行美麗而感人的詩句，為油畫增添了另一種色彩。讀後，讓人感動、深思和回味無窮。這些詩作，無疑也使畫作提升到了更高的情態和境界。

我雖然不懂詩，但對於辛金順博士《詩／畫：對話》這本詩集感觸頗深。詩集中的許多詩作處處撥動了我的神經，

情感也為之觸發不已。一如詩集中「輯一：象外象」中的第一首詩〈花與炮彈〉中的詩句：「……炮火栽種在遙遠的歷史一頁裡／煙硝散去後的清晨／鐘擺搖盪著死亡和新生的笑／……／只有稚真的眼神／恬靜／並與和平／慢慢茁壯，長大」，表達出詩人對於人類和平的嚮往。雖然戰爭已經遠去，但歷史仍然記錄著死亡的痛苦和生命降生的歡笑。和平是永恆的，人們會在和平中慢慢地成長、成熟。因此可以說是，詩中寄託了詩人的反戰意識。

　　而我創作這幅油畫的背景是在2010年10月。那時119個國家正在老撾簽訂「禁止使用大規模殺傷性武器和集束爆彈的和平協議」。會前幾個月，聯合國清除未爆炸彈組織帶我去了當年越戰時期的重災區。那滿山遍野未爆炸彈如今仍給當地人們和野生動物帶來生命的威脅；人們養牛養羊的目的，是讓牛羊走在人前排雷。死人的事件仍天天發生。我震驚極了！彷彿看見了人們在死亡線上痛苦的掙扎，聽見了地獄門前哭聲的畫面。在這裡，生存與死亡相依，美麗與醜陋共存。回來後我創作了一批由於荒唐的戰爭帶給戰後人們苦難的油畫和速寫作品，在會前展出，向世界宣揚和平！

　　在此，詩人卻用他那細膩的情感和洞察人世悲痛的眼睛，以詩祈求一種寧靜的和平：「野地開出的花和童年／鴿子飛滿的天空／……／曠野沒有回音／土地收納了黎明／摘下煙花／這裡留下一片乾淨的空氣」一顆赤誠的詩心，深入畫裡，張望著遍野埋伏的地雷和開放的鮮花，以及孩童未來成長的路向，同時也闡述著詩人對戰爭的厭惡，和戰後仍處

於惘惘威脅處境的同情心緒。

又如詩集中「輯二 觀妙悟」中〈趺坐〉一詩:「幻化之相,佛說:行深般若波羅蜜多時／就可照見人間苦難的臉」是的,詩人的創作意向與畫家當下的畫意不謀而合。

我創作這幅油畫是在2009年。這一年,我在佛國老撾的郎勃拉幫采風寫生,香通寺對面山上塑有一尊佛像,佛像腳下還塑有五個和尚打坐聽經。我感覺佛陀那微笑而慈祥的面容似乎在張口對我說:「苦難過後就是大自在了」。於是,在我回到老撾的首都萬象我的畫室後,腦海裡一直迴盪著佛陀在冥冥中給我的啟示。同時又憶起在我剛到老撾那一年,被一個小偷盯上,兩個月內偷了我四次,最後一次的確也沒什麼東西可偷了,小偷還是將我的半鍋飯給端走。這件事被寺廟裡一個主持和尚知道後,他每天化緣給我送來吃的。還用化緣得來的錢給我買來畫筆、畫紙,鼓勵我要勇敢地面對現實,鼓足生活的勇氣。

我將這兩者聯繫在一起,創作了這幅油畫。並採用對比的手法,以佛陀「大自在」喜悅的臉與修行者飽經滄桑疲憊而又堅貞不屈的表情展現出來,一如詩中的陳述:「每條皺紋是深深淺淺的小徑／延伸著／遺棄在寺院角落黯淡的光」。有意將修行者肩上的紅色綬帶平展地鋪出一條大道,大道分為三級,一級比一級更困難:「揭諦,揭諦,波羅揭諦／佛說:躺下／即成大道」。詩人道出了畫外之意,詩意也深刻的展現了佛法和修行者大慈悲心的真諦。

再如「輯三 賦比興」中的〈織衣〉:「針線密密,

織出野地的白合／微風吹過髮梢／吹走了屋後三兩聲的吠叫」。多麼美妙的詩句啊！彷彿又讓我置身在緬甸采風時為織女寫生的場景。姑娘在屋前靜靜地織繡，偶爾的一句對話交流，都是日常的畫面。如詩中：「一列鵝影搖擺走過／走進一匹布上，那錦繡的／年華，交談復交談／彼此的流光，在矮竹凳上／坐老了黃昏」詩情、詩景、詩意湊泊而成，把畫中景象，完全詩化了。這顯現了詩人詩心所在，詩和畫也就能疊合如一。

因此，在辛金順博士的《詩／畫：對話》的詩集裡，我讀到了詩人寬闊的心胸和美好的情懷。那些時而如雨後初晴，氣象如洗的美麗詩句，流淌著迷離的陽光，明明暗暗，瑟瑟繽紛，多麼地曼妙。那神秘的原野，神秘的光，如同步入夢境一般，詩意在心中流淌，閒適暢快。時而又如同熱帶雨林沉默棕櫚般的情感，雖只有幾片劍葉，仍華蓋如蔭，劍指長空。在如火如荼的黃昏，亭亭屹立，眼角眉梢都是安詳的笑意。這些美妙的詩句，躍入心間，撥動了人的心中琴弦，彈奏出了一支支動人的歌曲。

在此，我非常感謝辛金順博士，是您的這些美妙的詩句，給了油畫新的生命。是您的這些精練語言和細膩的情感，讓讀到這些詩的人如同捧著一碧清泉，不忍暢飲更不忍讓它從指間流失，只想用自己手心之熱去溫暖它那顆純潔、清涼的詩意。

二〇一五年十一月二十七日于廣西南寧

詩／畫：對話 | content

輯一：象外象

詩／畫：對話 | content

象外象

花和砲彈

野地開出的花和童年，純白如
鴿子飛滿的天空

砲火栽種在遙遠的一頁歷史裡
煙硝散去後的清晨
鐘擺搖盪著死亡和新生的笑

曠野沒有回音
土地收納了夜色和黎明
摘下煙花
這裡留下了一片乾淨的空氣

再也沒有鐮刀收割沉默的頭顱
再也沒有子彈呼嘯穿過嘶喊
再也沒有風雨的飄搖和流離

只有稚真的眼神
恬靜
守著一個安居的家
並與和平
慢慢茁壯，長大

紡紗

光影如梭，在季節上無聲
迢遞，晝夜
不斷從身體穿過，穿過
憂傷和快樂

日子疲於輪換，在歲月的
經緯，桃花開落
世界，空如
空如一片無垠的原野

山裡的雲朵都被紡進紗布上了
青春笑著
到老，笑成年華粼粼的波光
在指尖上穿梭

一日一日，絲線流轉
涉渡時光的水岸
把孤寂繡成了一聲嘹亮的雞啼
並獨坐
坐成影子小小的寂寞

山販

搖晃著一個晨露的清早
她們
把整座山都揹下來售賣

山風一斤八毛
山月下弦四塊
山上湮湮的鳥聲一把塊六
加上一筐白雲，免費免費

包著的頭巾下藏著泥土的記憶
有根有葉纏繞的聲音
在擔籃裡
等待雷聲喚醒一夏的希望

行過村莊
散去的足印穿越時間回望
夢正列隊走過，留下
鳥聲，和
一樹灼灼的桃花

而背後簍內，她們卻盛回了
一天
疲憊的日落

母韻

她敞開的母體，有河流的部首
有花開的拼音
有夢與夢互相環抱的聲韻
有陰影
在乳房垂下的肚臍，輕輕叫著
她的小名

她敞開，天空一樣
讓燕子的翅膀畫出了壯闊
讓孩子攀附
把手伸入饑餓，讓背上趴著的
愛，貼緊身體
傾聽，生命的快樂與不快樂

她敞開，讓水波沖洗
胸臆
蓬草亂飛，岸斷流離
她靜定的
眼睛，浸泡著自己過早
癯瘦的命

她敞開，敞開如生命旺盛的野蕨
四處
都有她生活裡奔波的歌

浴水

閱讀赤裸身體，天真的
笑聲，掀開了
一首詩充滿韻律的序曲

水洗去了繁複的意象
敞開詞彙
抹掉陰影
隔著木門仍聽到水的足跡
快樂的嬉戲

樹在偷窺，自然的韻腳
全躲進時間深處
如象徵，迸開水花的亮麗
照亮回憶

內涵是純樸和野趣
隨意揮灑
清新，只能用鄉音讀出
夢的歧義

那年，讀過的這首詩
早已從
文明裡醒來，與夢
一起離去

河景

水上的倒影晃漾，如一首
神秘之歌
穿過蘆葦叢，擱淺在
清亮的眼眸

（身體內，卻有小溪流淌）

九歲的天空
燕子掠過波光，飛入
髮絲裡
幽黯而潮溼的
森林

野薑花盛開，露珠從夢裡醒來
看一群雞和
一群被飼養的欲望
在稻埕上追逐影子，追成
風過無聲的稻浪

而金黃色稻穗，飽滿
沉沉下墜
恬靜地聆聽著遠山的呼喚

野趣

太陽照亮了茅屋
母親說的
故事，有被烤熟的香味

蚱蜢聽著，五月的寓言
浮盪著
孩子們天真的笑

宛如小令一般湮遠
目光靦腆
企圖張望母親掌外更大
更大的世界

而向日葵都開花了嗎？
草木魚蟲
在天使圍繞的田園
快樂的成長

一排雁子從天邊飛過去了
草葉尖尖
依然留有故事最初的迴響

牛車

似乎有牛車輾過回憶
在遙遠的村落
雲笑了
送別的隊伍被時間重新召喚
如魔幻想像
輾過所有人的眼睛
走進了歷史

我總是夢到牛車，和兩個
巨大的輪子
在倒退回去的風景上
叫喊
遺忘的名字

那是我自己，疼痛的
聲音，在一次
又一次的遷移裡，告別了
一個又一個
無夢的自己

時光靜美

蝨子躲在童年黑亮的歲月深處
與悠閒的風
捉迷藏。一些年月
卻迷失於母親溫暖的掌紋之上

而髮絲瀉如瀑布，遮住了
一夜星空，和那些說了又說的唇語
清亮如小月，勾住了耳墜
輕輕，晃動
挑起了一些些思念

把我描進畫裡吧！姐姐
我已走失在妳深黑的眸子之中
找不到回家的路

公雞棲息於光影的回憶裡
亞答屋旁
有夢偷窺，時光靜美
坐在竹籬芭上，速寫了鄉野
永恆的詩章

夜戲

眾人圍坐的夜，叫出了世界的聲音
彷彿很遠，讓夢
也讀出了神們隱藏的風景

光陰走過的身體，孩子們的眼睛
交換的光影
在屋外一口發亮的井前
有鳥撲翅
穿過了無數暗黑的臉

彷彿很遠，天耳聆聽了一些故事
說書人早已在霧裡消失
在所有忘了關閉的窗戶，天使們
悄然的一一出走

羊群都回到壚裡了
歌舞未歇，草舍未眠
月亮啊月亮
高高的，照出了我們遺失的童年

莫名的騷動，在夜和夜的
時序之間
有光迢遞
如夢一樣的遙遠

紀念

搏土為童年的笑留下一個紀念
那是很遠
很遠，天使住過的地方
雨季
還孤單的睡在雲叢的屋裡

蹲在地上的影子，躲過了時間的追捕
在夢和夢
交換過彼此的笑容後
一首詩
已在炊煙裡完成

那年，我們築起的小小城堡呢？
在歲月
不斷離走的旅途上
穿過家與家而
遺棄了樹林、作文簿、五線譜上的
鳥，而
擁有了一個更大的家

然後──

妳笑了
並與另一個世界的笑聲，輕輕
碰觸
激蕩地回響……

休憩

走在生活途中，一些瑣碎
記憶，都坐下來說話

快樂和悲傷，長長
短短
在各自的身體內喧嘩

夢在成長
並坐在青春的肩膀上張望
詩一樣的方向

日夜背後，世界不停旋轉
成熟的果實
經過挫傷和疼痛，紛紛
掉落
在自己的陰影裡

樹懂得，那些年有人走過
留下的話語
如枯葉
被風
一年一年輕輕的吹走

祭祀

頂著一整個天空的信仰，神的光
帶著幸福，一階梯
一階梯
從山上搖晃到了人間

清晨的露珠卻沾滿法喜
如天地走在
虔誠的瞳孔裡面

（佛仍然靜坐心中
　不曾走遠）

一階梯，一階梯的希望和愛
填滿了人生的
空白，並在往上或走下的旅路
有故事
正在譜寫
未來命運長長的方向……。

水花

井湄的水都潑向了青春的笑
清亮，濺起水花
沿著身體奔放的線條，開出
歌的季節

水也在舞蹈，音樂跳進
胸腔，讓夢
在自己的腳尖上快樂旋轉

而藍天牽手
圍起了一片無憂的世界
在這裡，在那裡
會有相遇時
時光美麗的明滅

一些潮溼的聲音，有火團的
熱情，祝福
每一隻飛翔的蝴蝶，都能找到
憩息的花朵
快樂的嫩葉

守候

「雞棲于塒，日之夕矣。羊牛下來。」
　　　　　　　──《詩經・王風・君子于役》

君子未歸，路靜止於竹林邊外
塵埃都落了下來
暮色低下了腰。而一些心事
才要想起，卻又忘記

（孩子，路要自己走下去，或讓路
　帶你走向路的未來）

竹林邊外，是另一個年代
隔著風雨
撲翅的那些羽翼
是不是也在尋找夢想的大地？

君子未歸，越走越遠到
迷失了自己

雞棲於塒，牛羊在欄
我們巡視著時間蛇行而去的郊外
在夜色，漫漫掩來之前
我們

我們已經習於日常的
守待

狩獵

（山神放逐的時光，還有獵人的訊息嗎？）

白天鵝飛過的湖面
雨季回來了
河上的霧穿過部落
迷失在獵人們深黑的瞳孔

槍和箭在午後休憩
想念去年山徑上水鹿的蹄跡
啃過野蕨
與山豬龐大的陰影
等待火花爆開的聲音

翻越高海拔的記憶
那些被追蹤的腳印都進入
城市的傳說
與鳥獸
消失在山嵐的沉思裡

昨夜的篝火未熄
翹望的兄弟尚未歸來
槍口中的羌子卻躍入風中

成了一句謎語

祖靈的目光
遙遠而充滿了迷濛的暮色

最後的部落

捕捉一河時光，並讓
粼粼水影
退到幽深的故事裡面

而雨林卻收藏了一些
被風聲
遺忘的名字，以及族人
消逝的足跡

那些鼠鹿縱入草叢的身影
走了很遠，終於
走回
自己遙遠的傳說

篝火熄了，獨木舟仍在
守著神祇留下的卵
夢一樣
孵出了赤裸的生活

挑起魚獲，如挑起
生命的泉源，潺潺不絕啊
那大河的水聲……

犀鳥拍翅而起，讓原始
還給
最後的森林和部落

輯二

觀妙悟

小沙彌戲讀

師父，如是我聞，桃花開滿了三月
木魚敲來了窗外雨聲
芭蕉瀟瀟，佛走成樹的蔭影
遮護四散而逃的群蟻

八點晨鐘全被壓到了心底
夢幻
在背誦的經書裡都成了泡影
一念，三千
微塵靜靜的敷坐

（師父，小鳥飛走了
　明天還會飛回來嗎？）

妄相，妄相
剝開如來的身體，可見
眾生
不斷與死亡搏鬥

我聞如是，師父
經文途經回家的小路
忘了把耳朵藏起
讓心靜定，誦讀
簷滴，在短短的夢裡
斷斷 續續

師父。

（師父，小鳥飛走了
　明天還會飛回來嗎？）

渡江

慾望說：這是大江，這是幻影，這是
我們必渡的明天與
明天的波濤

不要問起
風的方向從哪裡吹來
我們靜定
在風暴的中心，並且前行
收伏陰影
和陰影變形後逐漸醒來的巨蟒

是的，我們必須前行
如舟之不繫，一任天色在前面
逗引，如
無法抵達的夢境
佛的故鄉

一個無涯之涯我們進入，從你的身體
到我的身體
之間，水霧瀰漫
擺渡倒影
向遠方的往事回望

我們小孩一樣走來，無無明
無無明盡，此在
波濤，溢滿了胸口
一輪明月
卻在水上緩緩昇起

等待

我確實知道，等待是
虛空的，夢是一條看不到盡頭的河流
水聲洗過生活，蝴蝶遠飛
漣漪都一一上岸去了

等待是虛空的
孩子們在水光裡看到自己明亮的
眼睛
擁抱著河聲，穿過
時間的霧
就能看到遠方閃爍著幸福的星星

而我知道，歲月在岩礁走過
留下的傷痕
斑駁著時間的紋路
安靜，讓記憶不斷翻閱自己

啊！像兩隻小舟
停泊在
我底心裡，虛空的
虛空，照見了一河虛空的倒影……。

布施

行深般若波羅蜜多時，輕輕拭去
心上的塵埃，黑暗裡的臉
陽光普照十方
佛笑
荷花開了
池上的蜻蜓飛過了牆外

一方財物，四方捨棄
脫掉身體後
世界張開了翅膀，飛向
菩提樹上，時間和
未來

而跪地的慈悲，都長出了花果
掏空色
受想行識也列隊走來
走入
合十的掌紋

菩薩行者，入眾不怯
虔信裡
低頭，都迴向了微微
生命的大謝

開示

不必灌頂，不必以指節叩響頭顱
空空
舌說是夢，眼見是色
洞洞
身集是苦，耳聞是惑

括弧的身體，等待被時間抹去
只剩曠野
坐對死亡，長出了空闊

而刪減掉欲望，省略因緣
放逐河流
涅槃啊涅槃在遠方唱歌

如來，如去
你是佛
你是阿難
你是你啊芸芸的眾生

如去，如來

趺坐

幻化之相，佛說：行深般若波羅蜜多時
就可照見人間苦難的臉

每條皺紋是深深淺淺的小徑
延伸向
遺棄在寺院角落黯淡的光

大千世界裡有人進進出出，夢在顛倒
愛與恨不斷拔河
撐燈，瘦盡了所有回憶的腰肢
煙散的話語

而日光之下，名利與名利握手
影子與影子競走
肉身淫淫有酒有歌，有哀有樂
有深淵
開成一朵花，在一粒塵土之上

只有孤寂低眉
讓幻影列隊走過，成為泡沫
讓病老穿梭，在眼、在耳、在鼻

在心
在色與不色的空無之間，靜靜
趺坐

揭諦，揭諦，波羅揭諦
佛說：躺下
即成大路，就可渡盡眾生的一切苦厄

虛空獨坐

靜定於凝望之中，鳥
都在黃昏裡回到各自的巢

日升和日落，始終成為
曠野之歌

色與幻化，明滅
有無
在相和非相的對望裡
電光閃過

眾生都已遺忘了自己
餵養死亡
以名，以愛和悲喜
以自由的呼吸

而虛空獨坐，等待枯樹開花

一隻蝸牛
留下一行黏液，無聲
從夢裡滑過

水草

洗去暮色的塵埃，水草
伸張四肢
將一溪的流水旋轉成天籟

身體內沾滿了水，安靜
澄明，溫柔的呼吸
如果實
隱藏著甜密

水草纏繞的思緒，泛開
漣漪，有鳥鳴叫
潮溼而綿長
氤氳，充滿了鄉野的氣息

魚兒游過
心裡，吐出水的泡沫
爆開
成為唇邊的緘默

草，荒蕪著綠
以水影
淡淡垂釣著自己的寂寞

母經

回到原始的從前，母親們和
一座天空
在可以赤裸擁抱的田野
閒話一天
一天瑣碎的日常

那些語言，被風吹成很遠
很遠的故事
像野草蔓生，寧靜而
喧嘩，一直
一直長到了天涯

而自然的音籟，如飽滿的乳汁
餵飽了愛
爬行於夢的邊緣，讓嬰孩
轉身，聽牙牙學語的
從前

從前原始的語言，母親們
還在田野上
快樂的，孕育著年輕的夢
和愛
和鄉土的寓言

運行

山路斜行如蛇
蜿蜒吞吐
生活，穿過林蔭
沉默的行走
讓影子的腳印，不斷
跨向
前方的蒼茫

而鳥啼如雨，下在
心裡，頭上
頂著一個太陽和
家，日日
把自己走成河流
奔入市集

生活的信仰，汗水
知道
微酸，卻接近了
天堂

物語

一天的生活就這樣開始，鴿子起飛
日子悠迴
憂傷和快樂在竹簍裡互相撞擊
彼此黯淡，彼此光亮
彼此與彼此
在命運碰觸的剎那，尋找一種
奮發的力量

鴿子沿著生活的河岸，追索
愛的信仰
像你我的對望，安詳
飽滿
並在文明來襲前
讓祖先的身世，散成
枝葉
在部落的田野上盛開

當鴿子斂翅回來，棲息於夢土
之上
一些啄下的稻粒
將會在這泥地，悄悄長出
肥沃的希望

還會回來嗎？

貓都回家了
那些出走的影子
還會回來嗎？

一些成長的離去，一些
迷路的夢想
一些走失的故事，還會
回來嗎？

在故鄉的小徑上，媽媽
我在等候
童年和我捉迷藏
等待
青年的歸來

媽媽，那些野果掉落
滿地
沒有腳步，流連
家鄉的土地
或忘返於田園的寧靜
只有

小徑還在，還在
媽媽啊媽媽

我等待的那些故事，還會
回來嗎？

水聲

赤裸的水聲，從一條長河流過
身體，然後
妳看到青春迸起的水花
在光裡一閃
即逝

終於妳讀懂了水的唇語
剝開時間
欲望叫出妳的名字
雲和雨
都流成波瀾壯闊的風景

魚群卻從妳的眼波中游過
水在顫抖
夢的詞語漂流而去
妳在波紋裡
開始洗刷回憶，開始收集
一些些寧靜
直到

皺紋寫出了一頭白髮的心事
日子回歸孤獨，思念
被磨成卵石
靜靜聆聽歲月的潛流向東遠逝

而妳，在故事裡
背過身
完整了自己的美麗

藏物

有一種隱秘，需要收藏
在天地之間和
樹蔭中的網，溫柔的儲滿
陽光、夢，以及
美麗的善良

（搖啊搖，搖到外婆橋）

曾經搖盪的日子啊這裡
在時間之上
落葉
已不是去年的落葉了

那些玩家家酒的童伴呢？
小小腳印，跨過
歲月的矮牆，不再回望

（搖啊搖，搖到外婆橋）

小狗守著，一瞬的夢
儀式的聖女，儲藏
青春，然後
等待與一座森林去流浪

甜美的沉睡

獻給母親一個沉睡，飽滿
如腫脹的乳房
釀著碩大而甜美的夢

有童謠在夢裡引路喲
有溫暖的愛在夢裡環抱喲
有幸福的光在夢裡照耀喲

鼻鼾聲輕輕，輕輕的
在母親的體香裡迷失了自己

那光暈，純真
如蘋果的紅，滿足的
懸著神秘
以象徵
完成一首新詩的圓滿

獻給母親一個綿綿沉睡吧
並點起星光
將未來
幽暗的天地敲亮

負軛

揹一綑從山裡砍回來的樹木，黃昏
也被捆著回來
在肩上，數著還未落到山裡的落日

生活一步一步走了過來
泥淖、汗水與
傷疤
讀懂了腳丫下路與路的對話

「必須有強壯的腿，才能撐起天空
　撐起躲在命運裡，一顆
　一顆
　巨大的眼淚」

「被壓到地上低低的喘聲，彳亍
　前行，成為皸裂的歌
　高低起伏，唱向了生命的凹凹
　凸凸」

背後，就讓給蒼茫吧
一座移動的山
在光源殞落的方向，慢慢等待
穿過
陰影下沉重的自己

而青春
卻成了一則永壓不扁的神話

豐收

農地開始消瘦了，紅薯夢見
成熟的土香
佔領了一片綠野，天空
遼闊，讀懂了
汗水和淚水在收獲機上的喜悅

玉米也讀懂了，犧牲與奉獻
在山神的懷裡
收集風雨留下的每一首詩篇

晴天小睡一覺，鋤頭和
鐵鏟，不斷
挖掘深埋的夢想
或以銳利的鎌刀，收割一季
甜美的歌調

而在炊煙升起的小路，牛車
裝滿了
疲憊的夕陽，走在一九七〇

那年的風還在吹著，那年的
牛車，緩緩
走入了豐收的記憶

趕集

踏著晨光，赤腳後的影子尾隨
老年和青春
向前方尋找一種光亮的抵達

而路上的空氣瀲漾，步伐
以熟悉的節奏
喚醒，一些時光，一些
旅人的心情

退後的風景，都是生活
簍筐空了
等待希望填滿，一生
不斷追趕，命運
以及命運裡的明亮和陰暗

總是要有一些溫柔和堅強
在趕集的路上
為家
抵達必須抵達的日常

鄉暮

「太陽走得很遠了」
「影子都回到家嗎？」

「小犬躲入了口的偏旁」
「羊也已被趕進欄裡了」

「遠山收藏的星星，等待叫醒黑暗」
「夕暉塗上油畫，牛在畫裡不肯離去」

「樹影讀懂了歸鳥的夢」
「各自棲息在童話的舌尖上」

「灶裡的火光嫣紅了誰的臉？」
「你說劉半農嗎？
　他銜著十年煙斗回來了」

「暮靄裡有人叫著童年的名字」
「老年在城裡聽到了六十年前的迴音」

「意象卸下了語言，只留下詩」
「詩坐在門口：火燒天
　燒亮了一個小農家的暮」

輯三

賦比興

童話

弟弟，讓我拉長頭髮成一匹黑亮的瀑布
拉成天空上的鞦韆，讓你
坐在風中搖蕩，牧放一群群
流浪的雲朵
想像成駱駝。駱駝駱駝，奔馳到
遠方寬廣的沙漠

然後我們唱歌，我們跳舞，我們讓天真
赤裸，說話
讓燃燒的陽光，火紅了耳朵
像白兔
躲進了時間的草叢，睡成了燈火

弟弟弟弟，夢在長大
你可以聽到它的呼吸，像樹搖落
葉子，船一樣遠去

你可以
觸摸它的身體，讓它帶你
走進世界
摘下星星和煙火，摘下
一朵花的微笑

而小鳥都一一飛走了，弟弟
只留下你的腳步
扎根這裡，就會長出明天的大樹
長出
一樹茂盛的童話

午習

在時光停止腳步的一刻，鳥聲
已從彈弓上逃逸

一座森林，小小
退遠到了畫外，夢正打著呼嚕
風繞步而過
不敢驚醒恬靜的淡泊

長凳上躺著的童年是你嗎？
書寫的詩
沿著走失的足跡回來
尋找一種
專注
一種光影相互依偎的美好

透明的午後，鄉愁在門縫
偷窺
那遺忘在時間裡的小孩
起身
自己向自己揮手……。

小孩與彈珠

腳印與彈珠對話，童年蹲下
在橡膠子爆開的季節
一隻附在
枝椏的幼蟬，嘶鳴
初歇

陽光躲藏於午後五點的地方
偷窺，熟悉的背影
專注於遊戲
並把時間遺忘在回不去的小徑

（沒有IPAD，科技退入神話）

滿足，小小
穿過指頭與指頭之間彈唱
夕陽
最後的美好

（沒有IPHONE，母親的呼喚還很遙遠）

時代不斷退後，退成
句點
讓我們全忘了回家……

郊餐

摘下一朵時光，在茅草的屋旁
天空，被風吹得很高
樹林圍成黃昏的波浪
向後，退成了
古老的遠方

我們在抒情裡隱喻一種生活
讓時間看見
夢在這天地裡翻耕
美好，野餐
和童年四處奔跑

那些燒烤的回憶，有年輪的
柴香，草木的抽長
有故事撥開歲月的火光
照亮
回不去的故鄉

摘下一朵時光，別在心上
原野中有了思念的
心跳，一生
緩慢而悠長……

洗禮

天真赤裸，單純如水的清澈
清洗聲籟
讓語言漂泊，在遙遠的門外

水珠迸濺，有微光
照亮
生活的幸福美滿

在此，敬請資本主義離開
讓天地
回歸到純樸的
笑聲
有母愛傾瀉，清洗
孩子們擱在昨日夢裡的塵埃

而溝渠知道，我們的
故事
被水餵養，然後
成為一條大河，向前方
世界
澎湃的流走

一回頭，雨季就來了
天浴的歡喜
在記憶裡，像漣漪
輕輕的蕩開……。

杵

命運必須經過杵搗
才能把
皺摺的心事，搗成
舒坦的天地

生活排著隊走出了黎明
汗的背面
有泥土咬住腳跟
叫亮了陰影

那些離家的男人，走成了
遠方的樹林
風吹過，記憶裡都是
落葉的聲音

時間迸發，在臼裡
每一敲擊有疼痛的記憶
吶喊，想像
夢的詞語，幸福的寂寞

賣筍

鮮嫩的竹筍抓住了山嵐，販售
鄉音，以及土地的身世

宛如一棵沉默的樹
讓鳥鳴從生活的枝椏上，述說
過往的故事
並在彎腰的時刻，將一生
虔敬，奉獻了生活

而簍筐在背，等待裝載命運的歌
或卸下沉重的眼淚
在每一條崎嶇的路上
用腳步
叩問，崩塌的夢境

以山的方言彼此問好
握手，微笑
貧乏的幸福在稀薄的空氣裡
輕輕的漾開

織衣

針線密密，織出野地的百合
微風吹過了髮梢
吹走了屋後三兩聲的吠叫

一列鵝影搖擺走過
走進一匹布上，那錦繡的
年華，交談復交談
彼此的流光，在矮竹凳上
坐老了黃昏

「昨夜守著門窗的雨聲
　　都走遠了，只留下
　　荷葉間蛙鳴潮溼的記憶啊……」

細密爬行的心事，封緘
成為鈕扣
牢固的
鎖住了一夜沸騰的情話

回家

走在回家的路上，暮靄來襲
背後有雨
成謎，如憂傷的旋律
洶湧向山外
荒蕪成鬱鬱的空氣散落四方而去

一日即夕，青春的眼神
遲疑
透過暮色，讀出了疲憊的神色

而家在前面，有炊煙升起的地方
豚之來迎
每一小步奔跑都是歡快的淚
記錄了
成長的生活來回
一個
又一個蹬音無聲離去的符號

抵達，終成抵達的故事
在此一回家的路上，被一一寫入
孤單的沉默

山路

黃泥路上奔跑的歌，灑下的汗
被寫實主義撥開
成為生活裡必須翻越的山脈

而野草勃發的生命，根的吶喊
葉脈的伸張
樺樹撐開晴空的傘
在命運的旅程
之上，與遞嬗的季節不斷流轉

南方，醒自少女們溫暖的胸膛
單純的快樂，攀上
竹竿，那溫柔的負擔喲
等待
暮色中灶火燄紅的呼喚

稍歇的時光，抒情的呢喃
寒暄的塵埃落定後
全被收入匆匆的步伐裡面，穿越
明暗，向回家的路
不斷
不斷重複著生活的信仰

一條蜿蜒的河川

水岸上停靠的舟隻有暗流潛伏
迂迴於生活的步伐之間
夢退步向後，日子卻不斷尋找
一條河川往前蜿蜒的秘密

赤腳寫在土地上的字，如農耕的
種籽，等待細雨，喚醒
生命勃發的訊息

而村子在體內持續老去，萬物
都在秩序裡各自
成長，在日與月的偏旁
時光灑落了一些故事，等待旅人
路過拾起

而旭陽從後面急急趕來，撥開
水花，有明有暗
落在尚未書寫的一首詩裡

回眸，嬰兒摟抱的腰
水一樣，溫柔
流成了
一條河川往前蜿蜒的秘密

閒話

門口對談的日常，樹和草忘了
憂傷，在陌生的遠方
想起嫁妝，那些
初嫁的衣裳
和雲奔跑，在高高的山上

所有心事都藏在甕裡，用水潑亮
日子圍聚的話語
聚了又散，像雨過芭蕉的天藍
水珠滾動的陽光
寂寞地棲止在青春的眉梢

說些甚麼呢？雲煙般想像
挽著的籃子知道
走過的路不再回來，愛過的人
只留下腳印和
方向，迤邐向霧和霧的故鄉

一些私語散落，在舌頭吞吐的信裡
紙上開出了珍芭
純白，像說不完的話

那就把五月捏出一個晴空吧
掛在屋簷，讓它
在幽暗的歲月裡，靜靜的
發亮

山鬼

霧還留在昨夜流瀉的髮上，有詩句
蕩漾，在緊掩的心扉
一隻灰蛾穿過火燄向窗外遠飛

夢的倒影裡荷花盛放，水聲如妖
叫醒了沉睡的欲望
俯身而
成為一首流淌不息的音樂

許多心事全被清洗乾淨了
赤裸的思念，散發
聖潔的光
在無邊寂靜的時間之上
亮成雲，很輕

很輕，比空氣更接近水的呻吟
風的虛影，雪白的
美麗

「噓——」

地球在指尖上靜靜　旋轉
肉體有水滴的
迴音，有孩子般坦蕩的眼神
有一些回望的溫暖
一些些，歲月與歲月磨擦後的灼燙

夢在延伸，直到我們緊緊
相擁
成為遼闊的湖畔

深雪

雪正醒來的那個晨早，呵氣的霧
迷失在梯田迴環的夢裡

妳打開門走了出去，窗
笑著看妳
看掩過夜色的白，瑩亮亮
把山
照成了茫茫的海

路都隱藏起來，時光躲進
簑中，以寂靜
見證自己的存在

而生活佇立，與斷了羽翼的
訊息，對望
雪花悄悄落了下來

無聲無息，像一些遠去的足跡
像目光迷離，苦苦
守候
一整個宇宙巨大的空無

大象

有大象從馬戲團出走，那長鼻
捲起球
把孩子的眼睛挑向了天堂

所有出走的大象列隊進入明信片
在夢境邊緣
沿著虛線行走，穿過
叢林，向文明的國度　前進

高樓的天空，川流的車
輕快鐵劃出了霓虹閃爍的銀河
汽笛催促起程喲
燈火迷失在黑暗荒原的阡陌

大象回到了熟悉的山腳下，拖著
一座座森林
緩步向一條被放逐的河
人類遺棄，最後的
家

此刻，夕陽掛在大象的眼角
柔和
泛著黃昏裡一片微微
潮濕的光

磨日

忽然回望，妳還坐在屋簷下
把日子磨轉出
一片糯白色的寂靜時光

而磨蝕的青春，忘了
存在的重量

繭子爬過的掌心
紋路，悄然在尋找自己的
方向

那些抵達和未抵達的時光
繁華和沉寂
隨著小小宇宙的旋轉
在指上
即將蒸發成夢，孤獨投向
虛無的遠方

而世界依舊在世界裡旋轉
揮手後
我將把妳，再次
還給遺忘

少女

三月盛開，在滿地
雛菊的花瓣裡面，露珠
掛在耳垂
語言躲進甕裡，抹上的妝
仍留有
昨夜灶火微微嫣紅的笑

而十二歲的天空，乾淨
明亮，站著
看我，明亮
像剛洗過的心情，有水波
晃漾

雛菊都開到裙子上了
一朵朵，等待
蝴蝶，飛來翻看

而那些貼上郵票的青春
明信片一樣，寄給了
流落在城市裡的松鼠，不知
牠們是否收到？

歸來

鷹隼盤旋的山谷，鼯鼠滑翔
在枝椏與枝椏之間
穿越窟穴，與槍眼對望
成為花火的燦爛

而山裡的雲都離家出走了
在叢林裡迷失
方向，一條河流卻蜿蜒
進入
夢的彼端
追著獵人的鞋印奔向
生活的遠方

回望，走獸逐漸滅亡
在犀星
垂落的地方，部落
安靜的與歷史對望……

一晝將盡，吾妻
等待平安，等待著
爐火，在暮色中
升起的晚餐

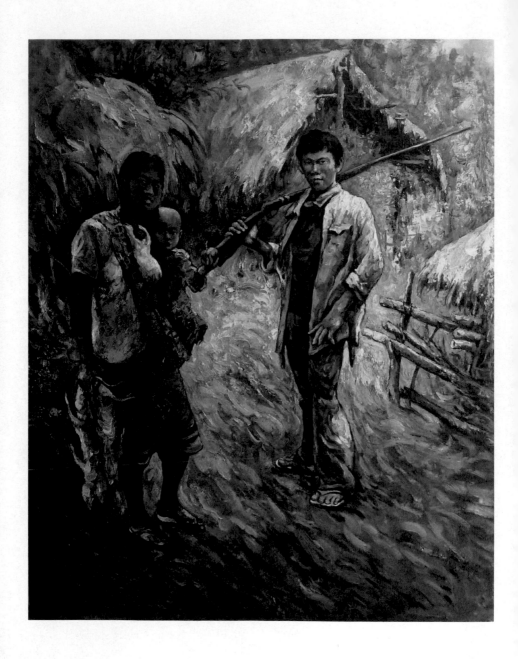

消逝的獵場

似乎遺忘了一種遙遠的記憶
老虎的出沒，山林
的退隱，蒼鷹高飛的孤絕

而祖靈留下的家園，都在霧裡
消瘦了
那追不上的傳說，比雲
還遠，在遷徙中
——走失了，族人歷史的
腳印

槍眼找不到獵場，火種飛濺不出
星光，夜裡
飛鼠滑行過的風聲，常常喚醒
沉睡的山盟

山豬在雨季中成群過河去了
追逐的儀式
無法趕上一場生死的壯麗，只能
佇著槍桿
守住一枚落日的沉淪

刀，鏽了
山羌也在森林老了……。

詩與神會，意與境同

辛金順

2012年4月，因為某個研究計畫需要到東馬砂勞越古晉作實地考察，並與老詩人吳岸見面。吳岸提及有一位旅寮的中國畫家，正好行腳到古晉尋找畫作寫生題材，遂介紹認識。畫家，當時歇宿於海唇街的客棧中，見面時甚感親切，言談誠懇。閒聊中大致瞭解其際遇，婚姻情感的波折、生命的飄泊，以及歲月與命運淬鍊下的生活狀態；後來也敘說了其旅寮十多年，從身無立錐之地到漸漸有了安身立命之感，以及藝術追尋的故事。

然而，在那初次見面的談話中，留給我的卻是更多的想像。據說，他初抵寮國時，在街頭賣肖像畫，一幅只掙得兩元馬幣，殊未料及，十年後，他的畫作卻叫價十萬馬幣以上，而且各國收藏者都爭相到寮國向他求畫。但從他謙卑和樸實的笑談中，卻絲毫未見倨傲之氣。後來他打開電腦，展示了一些被各國博物館和收藏者購下的畫作圖片，那些調和了中國畫風的人物和景緻，不論農村婦女、鄉間小孩、部落獵者，或廟宇的比丘和小沙彌等，都相當寫實和生動的展現

了畫家內在生命的情態。

　　那些色彩鮮艷的油畫，處處繪寫了寮國和東南亞各地民生風俗，宗教和庶民精神的特性。一幅幅的，吸引了我。那時，我對著共同看畫的吳岸說，這些畫可以入詩啊！吳岸微笑以對，陳琳卻回應說好，於是將電腦儲存庫裡2009年至2012年的畫作圖片，全轉入我的隨身碟裡。因為這份機緣，所以才有後來五十六首詩與畫的對話之作。

　　對於陳琳的畫，其實我相當喜歡他畫中人物生活的純樸，那是未經全球化資本主義肆虐的生活場景，一如我記憶中童年時期（七〇年代）的故鄉，不論是晨雞棲啼高腳屋旁、少女在屋前舂米、小孩大人在清澈的溝間和溪邊浴洗、童年的遊戲，或是頭頂貨物的婦女行過村落等，自然和寫實的展現了鄉間庶民充滿生命力的生活型態，且在畫家精湛的油彩色調調度中，揉合出了另一種童話般的力量與光澤。

　　而陳琳的這些畫作，自有其心靈和視覺接受的體驗和觀照，那或許是來自於社會基層的共知共感，讓他的視角選擇了這些畫作的素材與存在狀態。毫無疑問的，主體的生命經驗，也在這方面起著決定性的作用。故其畫具象（representational）得近乎寫實，卻沉澱著其生活的感悟，以及精神與情感的投注。畫中的人與物，具現了畫者的心靈姿態和生命的律動，並深埋於色彩濃郁與靜默的深處。那是來自畫者內在生命的一種展現。如梅洛‧龐蒂（M. M. Ponty）所謂由「眼與心」編織而成的彩繪世界，在「可見」與「不可見」間，展示了其畫作的存有意態。

像其中一幅畫描繪了一白髮老婦在河間刷洗，身前有一中年婦女，身邊則有一童女和少女，身後卻另有背過身去的女子。五個女人，隱喻了五個年齡階段的生命歷程，在那流淌不息的時間長河中，遞換年歲，展現了女人一生的全貌。其中轉過身去的女子，則予人留下了想像的空間。那是記憶的形象？或即將遠離的未來？存在的韻律在那色彩符號中，迴轉與交錯，讓現象的身體，在畫裡開顯了某種象徵的意義。

　　同樣的，在陳琳的幾幅畫中，可見美軍在越戰時留在寮國土地上的許多未爆彈。這些未爆彈被當成廢鐵賣，或當著裝飾品，高腳屋的房柱，以及廚房生火的支架等，然而它卻往往造成了無數突發性的爆炸傷害和慘劇。如其一畫上的姊弟，於野外採摘小白花，身前身後的草叢中，卻棄置了一些未爆彈殼，在此，花與砲彈，戰爭與和平，以及童稚的生命，無疑構成了極其強烈的視覺與知覺效果。那是過去戰爭留下的殘餘，卻也留給了寮國人集體的記憶創傷和巨大的惡魘。而畫家善於捕捉此一現象背後戰爭的無情與殘酷，在「可見」的人／物現象中，陳述了其內心「不可見」的不捨、憐憫和悸動的情緒。

　　除此，一些畫中女孩遊戲的天真笑貌、母親為女兒撥髮捉蝨的恬美時光、布施者的虔敬、小沙彌在晨修時的戲耍、比丘們的渡江、勞動者的負軛等等情景，交織了畫家的心識，體現了其對生命情境一份活潑潑的感悟。另一方面，其畫色彩濃郁鮮活，保持了自然與形象深刻的視覺呈現，使得其畫作即使放在其他眾多畫作裡，也很容易會被人看到。

然而，在我面對陳琳的畫作時，我必須篩選出能與我底知覺形成共感的作品。畢竟我不是以詩入畫，或以詩進行註解的工作。而是以一種對話的方式，將畫作的情境和意涵，納入到我的存在情境裡，以自我觀照，借畫起興，並讓主體情感神入畫中，進行另一類創思。易言之，「詩／畫」均處於互為主體的位置，在相參相照裡，形成各自情境的存有意向。所以，這與傳統的畫上題詩迥異，在此，詩不附屬於畫作，而具有其自我獨立的生命姿態。因而詩題與畫題，在此也並不相同。

　　在藝術世界中，感悟有時候具有其之玄秘性。感官經驗所感的，固然是經驗世界裡的經驗事物，但就如知覺現象學所強調的，知覺主體與被知覺的對象，並非截然二分，兩者之間仍然有所聯繫，但彼此內在卻各自具有各自的意涵。

　　是以，畫家以其人生經驗的積澱促成畫作的景象，而詩，必須通過語言的考驗來完成其之藝術表現能力。語言成了詩的存有，生活視野和情感經驗的體現，則可將詩引向一條更深邃的道路去。因此，在與陳琳的畫進行對話過程中，詩言主體藉由了移情作用，通過詩性言說，企圖展現出更多的個人意志和想像。所以，詩可以說是在畫中，也可以說是在畫外進行了另一類的創作。

　　王國維在《人間詞話》中曾提及「以我觀物，物皆著我之色彩」，這是一種直觀感相的渲染，生命感知的傳達，意由境生，境由意出，因此目觸所及，意象相交，感悟其間，也就有了自我主觀的創造。而在讀畫過程裡，我比較注重的

是畫中的意蘊、物象的構圖，以及色彩的敘事，尤其後者，雖然深靜沉默，然而卻潛伏著很大的感染力，是展現畫中意／境的關鍵點。

　　所以由讀畫而形成對話，是一種心性境地的轉換。詩在此，也就成了體會意象而再意識的一種表現，或反求諸己，迎求自我深心，探向自我生命的創作。當然，「詩／畫」都具有其自律性的內在形式和特質，但藝術心眼的觀照卻是相同的。在詩中，我所要捕捉，是當下存在的那一分認知和意識，那分遮蔽在物象和語言深處的存有感悟。

　　而選入於這詩集裡進行對話的五十五幅畫，大部分呈現了寮國村民、兒童、比丘們和少數部落民族的鄉間生活型態，也有幾幅畫涉及了台灣高山族和東馬原住民的狩獵情景，物資貧乏卻充滿純樸與和諧的境地，未受資本主義侵略的村落和平民，勞動者的勤懇，一大片山脈和田園，處處呈現出了生活樸實的自然情態與可貴。而畫家的畫筆，在畫中，往往意在象外，別有言說，於是也讓詩在那一幅幅畫作的彩光裡，找到了可以對談的空間。使得詩意與畫境在此神會，並讓詩在象外之象，景外之景的妙悟裡，找到了另一種意趣。

　　大致上，在這本詩集裡，我企圖攏絡一些詞語，並通過了畫境，而站在畫外，去窺探遠方光影的閃爍。像雲投給了遠山淡淡的影子，像回憶裡的故鄉、童年、生活和夢，像一些走過時間的老人和故事，生和死。似乎，那裡頭，都有時代火光的炯亮和陰影，不斷明滅；都有了詩的聲音，輕輕在塵揚的大地上唱起。

或許，詩與畫的交會與交錯，是一種生命體現的歷程。是思與詩的迴盪。尤其是在電子文明迅速穿透生活方寸之間而不留餘地，全球資本主義的怪獸無孔不入，四處伸張的時代，這些帶給生命靜定而純樸的畫，卻讓我感到在那些國際財團和機械神仍無法抵達的地方，依然有夢可以創造，有詩可以在星空翱翔的喜悅。

　　最後，必須在這裡感謝畫家陳琳無償授權提供畫作影像和贈序，長居台灣的老鄉林建國的序文（建國年少時曾以軟牛的筆名寫詩），以及感謝歲月贈我以烘爐，熬煉出一顆不死的詩心，讓詩，成了個人存在裡，最美好的生命註腳。

詩作刊載年表

花和砲彈	南洋商報商餘副刊2015.5.5
紡紗	南洋商報商餘副刊2015.6.30
山販	台灣中華日報副刊2013.1.25
	星洲日報文藝春秋2012.9.24
母韻	台灣更生日報四方周刊2015.11.8
浴水	南洋商報商餘副刊2015.7.28
河景	南洋商報商餘副刊2015.8.4
野趣	台灣聯合報副刊2015.5.13
	南洋商報商餘副刊2015.9.7
牛車	南洋商報商餘副刊2015.10.5
時光靜美	南洋商報商餘副刊2015.4.1
夜戲	南洋商報商餘副刊2015.4.14
	台灣更生日報四方周刊2015.7.15
紀念	台灣中華日報副刊2012.8.19
休憩	南洋商報商餘副刊2015.11.29
祭祀	南洋商報商餘副刊2015.5.26
水花	南洋商報商餘副刊2015.12.20
守候	南洋商報商餘副刊2015.10.19
	台灣更生日報四方周刊2015.9.6
狩獵	南洋商報商餘副刊2015.7.13
最後的部落	南洋商報商餘副刊2015.11.22

小沙彌戲讀	中國時報人間副刊2015.2.16
	南洋商報商餘副刊2015.8.11
渡江	星洲日報文藝春秋2012.6.3
	台灣中華日報副刊2013.1.18
等待	星洲日報文藝春秋2012.6.3
	台灣中華日報副刊2013.1.2
布施	南洋商報商餘副刊2015.7.14
開示	南洋商報商餘副刊2015.10.26
趺坐	台灣中華日報副刊2012.7.22
	南洋商報南洋文藝副刊2012.10.2
虛空獨坐	南洋商報商餘副刊2015.12.13
水草	台灣聯合報副刊2015.6.12
	南洋商報商餘副刊2015.11.3
母經	南洋商報商餘副刊2015.8.31
	台灣中華日報副刊2012.10.26
運行	南洋商報商餘副刊2015.9.28
物語	台灣中華日報副刊2012.10.31
	南洋商報南洋文藝副刊2013.2.5
還會回來嗎	南洋商報商餘副刊2015.10.19
水聲	星洲日報文藝春秋2012.6.3
	台灣中華日報副刊2012.8.19
藏物	南洋商報商餘副刊2015.11.9
甜美的沉睡	南洋商報商餘副刊2015.9.21
負軛	南洋商報南洋文藝副刊2012.9.4
	台灣中華日報副刊2012.10.4
豐收	南洋商報商餘副刊2015.8.17

讀詩人87　PG1499

 詩／畫：對話

作　　者	辛金順
繪　　畫	陳琳
責任編輯	鄭伊庭
圖文排版	莊皓云
封面設計	蔡瑋筠

出版策劃	釀出版
製作發行	秀威資訊科技股份有限公司
	114 台北市內湖區瑞光路76巷65號1樓
	電話：+886-2-2796-3638　傳真：+886-2-2796-1377
	服務信箱：service@showwe.com.tw
	http://www.showwe.com.tw
郵政劃撥	19563868　戶名：秀威資訊科技股份有限公司
展售門市	國家書店【松江門市】
	104 台北市中山區松江路209號1樓
	電話：+886-2-2518-0207　傳真：+886-2-2518-0778
網路訂購	秀威網路書店：http://www.bodbooks.com.tw
	國家網路書店：http://www.govbooks.com.tw
法律顧問	毛國樑　律師
總 經 銷	聯合發行股份有限公司
	231新北市新店區寶橋路235巷6弄6號4F
	電話：+886-2-2917-8022　傳真：+886-2-2915-6275

出版日期	2016年7月　BOD一版
定　　價	360元

國家圖書館出版品預行編目

詩／畫：對話／辛金順著；陳琳繪. -- 一版. -- 臺北市：
釀出版, 2016.07
　　面；　公分. -- (讀詩人；87)
　BOD版
　ISBN 978-986-445-123-4(平裝)

851.486　　　　　　　　　　　　　105008772

讀者回函卡

感謝您購買本書,為提升服務品質,請填妥以下資料,將讀者回函卡直接寄回或傳真本公司,收到您的寶貴意見後,我們會收藏記錄及檢討,謝謝!
如您需要了解本公司最新出版書目、購書優惠或企劃活動,歡迎您上網查詢或下載相關資料:http:// www.showwe.com.tw

您購買的書名:＿＿＿＿＿＿＿＿＿＿＿＿＿＿＿＿＿＿＿＿＿

出生日期:＿＿＿＿＿年＿＿＿＿月＿＿＿＿日

學歷:□高中 (含) 以下　　□大專　　□研究所 (含) 以上

職業:□製造業　□金融業　□資訊業　□軍警　□傳播業　□自由業
　　　□服務業　□公務員　□教職　　□學生　□家管　　□其它＿＿＿

購書地點:□網路書店　□實體書店　□書展　□郵購　□贈閱　□其他

您從何得知本書的消息?

　□網路書店　□實體書店　□網路搜尋　□電子報　□書訊　□雜誌

　□傳播媒體　□親友推薦　□網站推薦　□部落格　□其他＿＿＿＿＿

您對本書的評價:(請填代號　1.非常滿意　2.滿意　3.尚可　4.再改進)

　封面設計＿＿＿　版面編排＿＿＿　內容＿＿＿　文／譯筆＿＿＿　價格＿＿＿

讀完書後您覺得:

　□很有收穫　□有收穫　□收穫不多　□沒收穫

對我們的建議:＿＿＿＿＿＿＿＿＿＿＿＿＿＿＿＿＿＿＿＿＿
＿＿＿＿＿＿＿＿＿＿＿＿＿＿＿＿＿＿＿＿＿＿＿＿＿＿＿＿＿
＿＿＿＿＿＿＿＿＿＿＿＿＿＿＿＿＿＿＿＿＿＿＿＿＿＿＿＿＿
＿＿＿＿＿＿＿＿＿＿＿＿＿＿＿＿＿＿＿＿＿＿＿＿＿＿＿＿＿

11466
台北市內湖區瑞光路 76 巷 65 號 1 樓

秀威資訊科技股份有限公司　　　收

BOD 數位出版事業部

....

（請沿線對折寄回，謝謝！）

姓　　名：＿＿＿＿＿＿＿＿＿　年齡：＿＿＿＿　性別：□女　□男

郵遞區號：□□□□□

地　　址：＿＿＿＿＿＿＿＿＿＿＿＿＿＿＿＿＿＿＿＿＿＿＿

聯絡電話：(日)＿＿＿＿＿＿＿＿＿　(夜)＿＿＿＿＿＿＿＿＿＿

E-mail：＿＿＿＿＿＿＿＿＿＿＿＿＿＿＿＿＿＿＿＿＿＿＿